ALI YEZZID IZZ-EDIN IBN-SALIN MALBA TAHAN

HISTÓRIAS CONTADAS AOS PÉS DA TENDA

RECONTADAS POR

Eraldo Miranda

ILUSTRAÇÕES

VICENTE MENDONÇA

A Júlio César de Mello e Sousa, Malba Tahan, que sentiu na vida a sinfonia poética e matemática das narrativas árabes.

Dados Internacionais de Catalogação na Publicação (CIP) de acordo com ISBD

T128h Tahan, Ali Yezzid Izz-Edin Ibn-Salin Malba.

Histórias contadas aos pés da tenda / Ali Yezzid Izz-Edin Ibn-Salin Malba Tahan; traduzido por: Eraldo Miranda; ilustrado por Vicente Mendonça - Jandira, SP : Ciranda Cultural, 2021.
80 p. : il.; 15,50cm x 22,60cm.

Título original: Tales of Ali Yezzid Izz-Edin Ibn-Salin Malba Tahan
ISBN: 978-85-380-9514-9

1. Literatura infantojuvenil. 2. Cultura Árabe. 3. Oriente médio. 4. Cultura. 5. História. I Mendonça, Vicente. II. Título.

CDD 028.5
2021-0290 CDU 82-93

Elaborado por Lucio Feitosa - CRB-8/8803
Índice para catálogo sistemático:
1. Literatura infantil 028.5
2. Literatura infantil 82-93

Este livro foi impresso em fontes Sansation Light e Cordelina em novembro de 2021.

Ciranda na Escola é um selo Ciranda Cultural.

Tales of Ali Yezzid Izz-Edin Ibn-Salin Malba Tahan, publicado em 1925, pela Librairie Hachette, Paris.

Tradução e Adaptação textual: © Eraldo Miranda
Texto: © Ali Yezzid Izz-Edin Ibn-Salin Malba Tahan
Ilustrações: © Vicente Mendonça
Projeto gráfico e diagramação: Ana Dóbon
Revisão: Fernanda R. Braga Simon e Ana Paula Uchoa
Produção: Ciranda Cultural

1ª Edição em 2021
www.cirandacultural.com.br

Introdução

Histórias Contadas aos Pés da Tenda é uma coletânea de narrativas em que o real e o maravilhoso se encontram para criar belas e intrigantes histórias pelas palavras e pela imaginação de um povo espirituoso e criativo, que soube apresentar suas tradições e costumes para o mundo: os árabes.

Originário da península Arábica, de extensas regiões desérticas, esse povo nos deixou grandes contribuições nos campos cultural, artístico, político, literário e religioso, influenciando a mentalidade ocidental.

O leitor, ao abrir este livro, será convidado a embarcar em um mágico tapete voador, que o conduzirá a suntuosos palácios, onde o leitor encontrará poderosos califas, ouvirá histórias de sábios vizires e homens astutos, rirá das tolices de homens insensatos e terá encontros inevitáveis com gênios bons e maus. Mas, acima de tudo, compreenderá que só conhecendo a cultura de outros povos é que poderemos respeitar uns aos outros e sermos mais humanos.

E, como a palavra "árabe" significa "compreensível", busquemos compreender, ao ler essas milenares histórias, que o diferente existe para sermos os outros e, assim, mantermos sempre a curiosidade de descobrir e aprender com o novo...

SUMÁRIO

O Grande Tesouro

Vivia na Babilônia, famosa por seus majestosos jardins suspensos, um pobre e modesto alfaiate conhecido por todos como Enedim, cujas qualidades e virtudes eram respeitadas por todos. Ele se levantava todos os dias, ainda antes de o sol nascer, e ia para sua oficina de costura para cortar e consertar roupas de seus fregueses. Ali ficava até tarde da noite. Mesmo sendo muito pobre, tinha esperança de um dia ser um senhor de grandes tesouros. Enquanto passava e repassava a agulha, dizia para si mesmo:

— Como eu poderia conquistar essas riquezas? Onde estariam os tesouros escondidos no seio da terra e no fundo dos grandes mares?

Enedim ouvira tantas histórias de estrangeiros que passavam por ali, vindos da Grécia, da Síria, do Egito e de tantos outros lugares, contando suas grandiosas aventuras, que ele também sonhava viver uma. Pensava nos lugares onde poderiam estar as cavernas cheias de tesouros, as profundas grutas crivadas de diamantes e os esconderijos com pesadas caixas de pérolas, tudo fruto de roubo de bárbaros cartagineses.

Suspirando, dizia em voz alta:

— Ah, que felicidade se eu descobrisse esses fabulosos tesouros! Seria mais poderoso e rico do que o rei Nabonid, teria inúmeros escravos e, todas as manhãs, passearia sobre as muralhas da Babilônia em um grande carro de ouro e pedras preciosas, puxado por mansos leões e...

Estava perdido nesses pensamentos quando foi interrompido por um velho mercador de tapetes, bolas de vidro, imagens e uma infinidade de outros objetos, coisa que os babilônios apreciavam muito. Por pura curiosidade, Enedim começou a examinar os produtos que o homem vindo da Fenícia lhe oferecia. No meio das bugigangas, encontrou um velho e volumoso livro, em cuja capa estavam grafados estranhos e desconhecidos caracteres.

Ao perceber o interesse do alfaiate naquele livro, o mercador falou, alisando a longa barba com as mãos calejadas:

— É uma preciosidade o livro que você segura e custa somente três dinares!

— Isso é muito dinheiro para um pobre alfaiate, mas para possuir este curioso livro posso gastar até dois dinares — Enedim respondeu.

— Deixo por dois dinares, mas fique sabendo que esse livro lhe sai como um presente.

Nem bem o vendedor se afastou, o curioso Enedim tratou, sem perda tempo, de folhear cuidadosamente o precioso livro. Ao conseguir decifrar na primeira página uma escrita em complicados caracteres caldaicos, ficou deslumbrado ao ler "O Segredo do Tesouro de Bresa".

Feliz com aquela descoberta, falou para si mesmo:

— Por Baal! Este livro com certeza me ensinará a encontrar o fabuloso tesouro de Bresa, mas que tesouro será este? Tenho a impressão de ter ouvido alguma coisa sobre ele, só não lembro onde.

Ainda com o coração saltitando no peito, continuou a decifrar os caracteres e leu em voz alta:

— O tesouro de Bresa foi enterrado pelo gênio de mesmo nome entre as montanhas do Harbatol e ali foi esquecido, onde se acha até hoje, até que haja um homem esforçado e dedicado que venha encontrá-lo.

Animado, Enedim decidiu decifrar todas as páginas daquele misterioso livro, custasse o que custasse, pois ele era o homem que iria apoderar-se do tesouro de Bresa. Tinha certeza disso.

Já nas primeiras páginas, encontrou escritas em caracteres de vários povos e teve de estudar a língua dos gregos, os hieróglifos egípcios, o complexo idioma dos judeus e os dialetos persas. Assim, Enedim dividia o tempo entre o trabalho e o estudo dos idiomas.

Passados três anos, Enedim deixou a profissão de alfaiate e passou a ser intérprete do rei, pois na Babilônia não havia ninguém que conhecesse tantos idiomas. O cargo rendia a ele cem dinares por dia, dava-lhe direito a uma bela casa e muitos criados, além de que se tornara um homem respeitadíssimo na corte.

Mas, mesmo com todos esses privilégios, Enedim não desistiu do tesouro de Bresa. Continuou a ler o livro nas horas vagas, quando, certo dia, se deparou com várias páginas cheias de números, cálculos e figuras geométricas.

Para desvendar algum possível mistério que pudesse haver naquelas páginas, estudou com afinco matemática com um calculista da cidade e não demorou muito para ser um grande conhecedor de complicadas fórmulas. O novo conhecimento permitiu a Enedim calcular, desenhar e construir uma extensa ponte sobre o rio Eufrates.

O rei ficou tão satisfeito com o trabalho de Enedim que decidiu nomeá-lo para o cargo de prefeito. Assim, ele passava a ser um dos homens mais admiráveis da cidade.

Mesmo com toda a influência que exercia na cidade, Enedim estava empenhado em desvendar o segredo daquele livro, o que o levou a estudar nas páginas seguintes os princípios religiosos de seu país e também dos povos caldeus. Com esse novo conhecimento, tornou-se respeitado entre os doutores, e o rei declarou:

— Enedim é um grande homem entre os homens. Será nomeado primeiro-ministro!

Assim, Enedim ocupou o elevado posto de primeiro-ministro e vivia em um suntuoso palácio, próximo ao jardim real, tinha inúmeros escravos, e os príncipes mais poderosos do mundo iam visitá-lo. Graças à sabedoria e ao trabalho de Enedim, o reino progrediu rapidamente, e a cidade ficou tomada de estrangeiros, grandes palácios foram erguidos, e inúmeras estradas foram construídas para ligar a Babilônia às cidades vizinhas.

Respeitado e admirado por todos, Enedim ganhava mais de mil moedas de ouro por dia e tinha todos os tesouros que podia imaginar.

Porém, ele sentia que ainda lhe faltava algo, e isso inquietava a sua alma. Embora tivesse lido e relido página por página, o segredo do livro de Bresa continuava, e nem mesmo ele sabia como desvendar tal mistério. Certa manhã, conversando com um velho Imã, confidenciou seu segredo. Ao ouvir aquilo, o religioso riu da ingênua confissão daquele grande ministro e falou:

— Meu sábio senhor, o tesouro de Bresa já está em vosso poder há muito tempo. O livro misterioso que adquiristes vos proporcionou todo o saber que possuis, e graças a ele hoje vós detendes invejáveis riquezas. Bresa, meu senhor, significa "Saber", e Harbatol significa "Trabalho". Com dedicação aos estudos e ao trabalho, um homem conquista tesouros bem maiores que os escondidos no seio da terra ou nas profundezas do mar.

O Homem Invejoso

Na cidade de Bagdá vivia, no bairro de El-Farik, um pobre e humilde remendão chamado Moslim Bachar Ben-Zeidum, que, não se conformando com sua triste sorte e miséria, sempre dizia:

— Por que há tantos homens com riquezas no mundo e eu sou um miserável? Por que o destino me fez tão pobre e miserável?

A inveja incontida envenenava o coração de Moslim, que, de tanto pensar naquilo, esquecia-se de trabalhar e ganhar o mínimo de que necessitava para viver. Numa manhã, o remendão estava passeando pelo suque dos mercadores judeus quando se deparou com um rico xeique que descia a rua Miraia em um luxuoso palanquim, carregado por quatro fortes escravos e seguido de um pomposo cortejo. O abastado xeique exibia um traje luxuoso, além de ser adornado por colares e joias que o cobriam dos pés à cabeça. Moslim, ao vê-lo se aproximar, foi tomado por uma cega inveja e falou entre os dentes:

— Ali vai um homem afortunado! Quem me dera ser possuidor dos bens que esse rico xeique possui... Aí, sim, eu seria feliz!

Acontece que o xeique ouviu os desejos de Moslim. Então, mandou parar sua comitiva, chamou o remendão e falou:

— Pelo sagrado nome de Maomé! Amigo, não deveria invejar a sorte de outros homens. Devemos aceitar sem revolta os decretos irrevogáveis do Destino. Saiba que Alá é justo e que cada homem, seja rico, seja pobre, terá não o que desejar, mas, sim, o que for merecedor pelas qualidades de seu coração.

Moslim respondeu:

— Sou grato pelos seus sábios conselhos, ó xeique! Mas é muito oportuno aconselhar um infeliz com belas palavras quando se vive na fortuna! Deve saber que, quando um homem vive os horrores da miséria como eu, a inveja passa a ser nossa sombra.

Ao ouvir tais argumentos, o xeique se levantou e exclamou, indignado:

— Você é um homem invejoso e insensato! Chamo-me Naçar-Eddin Mokran El-Kelbi e sou xeique de uma vasta tribo próxima do famoso oásis de Lainah. Deseja trocar sua vida de remendão miserável pela minha vida de riquezas e todas as alegrias e tristezas que provêm dela? Deseja isso, insensato?

Surpreso com tal proposta, Moslim, o invejoso, pôs-se a tremer com a possibilidade de ficar rico, mas julgava aquilo ser uma maneira de o rico xeique se divertir à sua custa diante de todos e que não teria nem em sonhos a intenção de cumprir tal trato.

Com voz trêmula, falou:

— Honrado xeique, sua proposta me deixa maravilhado, mas não acredito que um homem rico, vivendo no luxo e na fartura com seus cobiçados bens e poder, queira viver a vida amarga e triste de um remendão. Perdoe-me por duvidar de sua palavra, mas, para que eu acredite na sinceridade de tais palavras, convido-o a repeti-las diante do califa, Harun-al-Raschid, Emir dos Crentes, nosso amo e senhor.

Naçar-Eddin respondeu sem demora:

— Que assim seja! Iremos agora ao palácio do sultão, e, diante de nosso amo, o califa Harun-al-Raschid, "que Alá sempre o conserve", provarei que nunca fui tão sincero nas minhas palavras.

Partiram imediatamente para o palácio e, a convite do xeique, o invejoso Moslim subiu no palanquim. Ao chegarem à presença do sultão, acompanhados de muitos curiosos, o xeique se inclinou diante de Al-Raschid e falou:

— "Iache raçak ia malek ezzan!" Deus conserve a vida preciosa do rei! Meu senhor, este homem que aqui me acompanha se chama Moslim Bachar Ben--Zeidum e vive no bairro de El-Farik. Eu declaro estar disposto a trocar de vida com ele, exercendo o ofício árduo de remendão, enquanto Moslim passará a ter todos os meus bens, títulos e honrarias, mas sob a condição de que este remendão assuma definitivamente toda a minha vida.

O sultão sorriu diante daquela proposta e, olhando para Moslim, perguntou:

— Moslim, está seguro de que deseja, por sua livre escolha, ficar no lugar do xeique Naçar-Eddin Mokran El-Kelbi?

Moslim, de joelhos e beijando a terra junto aos pés do califa, respondeu:

— Sim, eu desejo, ó meu senhor e amo!

O sultão, os vizires e todos os nobres maometanos e curiosos ali presentes assistiram pasmados àquela cena. A um sinal do soberano, dois guardas se aproximaram do xeique, despojaram-no de todos os seus colares e joias, e o sultão falou:

— Assim quis o Destino! Dessa forma, Naçar-Eddin, o remendão, está livre, nada o prende a este palácio. Pode partir agora, já que Moslim tomará seu lugar.

Voltando-se para Moslim, falou com autoridade:

— Quanto a você, xeique Moslim Bachar, como tomou todas as honras e agora exerce prestigiada posição, será degolado imediatamente!

Moslim ainda estava de joelhos quando ouviu inesperada sentença e, erguendo-se, pálido, com os olhos a saltar das órbitas, falou suplicante:

— Por que devo ser degolado, Magnânimo? É conhecido como justo generoso. O que fiz para merecer tal sentença de morte, meu Senhor?

O sultão respondeu:

— Na verdade, não fez nada, mas aceitou ficar de boa vontade no lugar do famoso Naçar-Eddin! Creio que era do seu conhecimento que o xeique, por haver assaltado algumas de minhas caravanas, foi condenado à morte e deveria ser executado na manhã de hoje. Mas, como último desejo, pediu-me para passear pelas ruas da cidade com uma comitiva de luxo. Eu lhe concedi o desejo e ordenei que os guardas do palácio o acompanhassem. Deve saber, Moslim, que as leis do Islã são bem claras, pois, sempre que um homem, sem coração ou constrangimento, se oferecer para morrer por outro condenado, este é posto em liberdade. E foi isso o que acabou de acontecer aqui, Moslim. Você ficou no lugar de um condenado, e a lei será cumprida.

Então, Moslim contou a história do seu encontro com o xeique para o sultão e concluiu:

— Emir dos Crentes! Não sabia que substituiria um condenado à morte. Além disso, pensei que iria ocupar e possuir as invejáveis riquezas de um xeique rico e feliz! Esta maldita inveja que habita meu coração me condenou à morte, e estou convencido de que mereço tal castigo! Louvado seja Alá, o Onipotente, que me abriu os olhos, que viviam cegos pela inveja!

O sultão, conhecido por ser justo e piedoso e sentindo que Moslim já havia sido bastante castigado com aquele susto e se arrependera em palavras e gestos, resolveu perdoá-lo.

— Está livre, Moslim, para voltar para sua vida e seu ofício de remendão, mas conserve sempre no coração uma grande verdade: nunca inveje aqueles que vivem cobertos de ouro e joias, pois quase sempre são muito mais infelizes do que nós!

O Soldado Comilão

Certa noite, o sultão Harun-al-Raschid, Emir dos Crentes, saiu disfarçado de mercador junto de seu astuto grão-vizir, Giafar, a passear pelas ruas mais humildes da gloriosa Bagdá. Ao se aproximarem de uma praça, o sultão avistou alguns homens sentados em volta de uma fogueira conversando em voz alta, soltando sonoras gargalhadas.

Antes que o monarca se pronunciasse, o grão-vizir falou:

— Não precisa ter receio de nada, meu senhor! Já conheço aqueles homens, são soldados que regressaram há poucos dias de uma expedição a Kerbela. Por serem súditos dedicados e disciplinados, permiti que permanecessem dentro da cidade, mas em breve pretendo transferi-los para outra margem.

O sultão falou:

— Se o que me diz é verdade, então vamos nos aproximar um pouco daqueles tagarelas. Estou curioso para ouvir as histórias deles.

Giafar apagou a lanterna, e os dois se esconderam atrás de uma árvore, onde não seriam notados. No meio da conversa, um jovem soldado chamado Abil Hadid falou:

— Meu desejo é fazer uma viagem marítima. Ouvi contar que o mar é mil vezes mais perigoso que o deserto e que ser marujo é uma aventura incomparável. Meu sonho é percorrer durantes anos os mares da Índia e da China.

Já outro soldado, de nome Ibn Haraf, interveio:

— No meu caso, não ambiciono grandes viagens, tal como Abil Hadid. O que desejo mesmo é possuir um pedaço de terra longe da cidade e lá poder cultivar uma horta e me dedicar à plantação, vivendo como um lavrador.

Um beduíno que ali ouvia tudo em silêncio perguntou ao soldado Zumbul:

— E você, Zumbul, qual é a sua ambição nesta vida?

Zumbul era desses tipos desbocados e alegres que sempre têm resposta para tudo. Ele estava em um canto, cutucando as brasas da fogueira e brincando com elas, mas, ao ser questionado, levantou-se e disse:

— Comer! Desejo apenas comer!

Diante do espanto dos amigos, que se entreolharam, Zumbul continuou:

— Não me julguem por ser um glutão, meus amigos! Mas, desde o dia em que me alistei no exército do califa, venho passando fome.

Às vezes, chego a invejar a sorte dos camelos, que viajam oito dias sem comer. Quanto a mim, são raros os dias que levo à boca a casca de uma tâmara seca. Até acredito que poderia muito bem me exibir como faquir na Pérsia. Por esse motivo, eu lhes digo que, como soldado do sultão, desejo comer ao menos um dia até ficar farto.

Diante da resposta de Zumbul, os soldados explodiram em gargalhadas, levando o sultão, que ouvia tudo, a ficar furioso e falar ao ouvido do grão-vizir:

— Esse soldado gaiato e atrevido me insultou, Giafar! Pois vou castigá-lo de uma maneira que ele nunca mais ousará queixar-se do repasto que ofereço aos soldados do Islã!

Na manhã seguinte, Abil Hadid, Ibn Haraf e Zumbul foram conduzidos ao palácio do sultão, e nenhum deles ocultava o espanto e a curiosidade de saber o que desejava o monarca com eles. Foram recebidos com grande solenidade, no divã das audiências, pelo sultão, que foi logo lhes falando, sem dizer que havia escutado a conversa da noite anterior:

— Pelos excelentes serviços prestados ao meu exército, resolvi recompensá-los desta forma: o valente Abil Hadid será nomeado fiscal dos negócios e especiarias e poderá viajar durante o tempo que desejar na minha galera, que todos os anos faz uma viagem a Serendib. Já o valoroso Ibn Haraf será presenteado com um pequeno oásis em Bachir, onde poderá se dedicar ao cultivo da terra. Quanto a Zumbul, vou lhe oferecer um grande banquete, que ele jamais esquecerá.

Sem perda de tempo, Zumbul foi conduzido a um grande salão, onde já estava uma mesa posta com manjares saborosos, frutas, bolos, doces e outras tantas iguarias deliciosas. O soldado comilão se acomodou em uma macia almofada, e os escravos começaram a servir os pratos mais finos que se possa imaginar. Como entrada, trouxeram três qualidades de sopa. Em seguida, peixe, batatas cozidas na manteiga, bifes de camelo, vitela guisada com lentilhas e pastéis de galinha e camarão. Zumbul ia comendo de tudo sem parar.

Abismado e de pé na porta, o sultão observava aquele homem glutão se fartar sem parar.

Quando tudo já havia sido servido, Zumbul ainda comeu algumas peras, maçãs, melão, uvas e tâmaras secas, além de bolos e tortas de mel. Quando o sultão viu o glutão pedir água, perguntou:

— Satisfeito?

— Por Alá! Estou completamente satisfeito, pois comi tanto que, se tentasse engolir meio grão de arroz, teria com certeza uma congestão — respondeu Zumbul.

Ao ouvir aquilo, o sultão bateu palmas, e surgiu um escravo com uma bandeja de prata que exalava um delicioso aroma. Era um belo marreco dourado em molho de vinho.

— O que achou desse delicioso marreco? Por acaso gostaria de provar ao menos um pedacinho?

Zumbul, com água na boca, não resistiu e falou:

— Seria um pecado recusar um manjar digno de Maomé. Irei provar apenas uma asinha, nada mais.

Depois de comer uma asinha, comeu o peito e, por fim, acabou comendo todo o marreco.

Harun-al-Raschid exclamou, colérico:

— Soldado, acabou de me dizer que estava saciado e satisfeito, mas acabou de comer um marreco inteiro! Portanto, acaba de mentir para um Vigário de Alá e, portanto, será enforcado imediatamente por essa mentira!

Desesperado, Zumbul se ajoelhou diante do sultão e, beijando a terra, falou:

— Sei que sua sentença é justa, ó Comendador dos Crentes, mas, antes de receber essa sentença justa, desejo fazer um último pedido!

O monarca respondeu:

— Diga seu desejo, Zumbul, e, se for justo, atenderei seu pedido!

Zumbul falou:

— Desejo apenas que Vossa Majestade me permita reunir nesta sala todos os meus amigos.

O sultão permitiu e, algum tempo depois, a sala estava repleta de amigos de Zumbul. Quando não cabia mais ninguém no salão, o monarca gritou:

— Basta! Nesta sala não cabe mais uma agulha!

Então Zumbul falou:

— Perdão, ó Emir dos Crentes! Este salão não cabe mais ninguém, mas farei com que haja mais espaço.

E, sem perder tempo, o glutão gritou:

— Atenção! O nosso soberano, o sultão Harun-al-Raschid, califa de Bagdá, deseja entrar agora no salão!

Ao ouvirem aquela ordem, os soldados se apertaram e deixaram um grande círculo vazio no meio do salão, ao qual o sultão foi conduzido com grandes honras.

Zumbul, cheio de respeito, falou:

— Meu senhor, o que se passou aqui foi um milagre, pois este salão estava abarrotado, mas houve boa vontade dos soldados, e sobrou lugar suficiente para nosso soberano. A mesma coisa aconteceu no meu estômago quando vi surgir o delicioso marreco na bandeja. Como o cheiro era inebriante, as comidas se comprimiram, e o marreco pôde entrar sem constrangimento.

O sultão Harun-al-Raschid achou muito perspicaz e engraçado o estratagema de Zumbul, e dizem que o inteligente soldado passou a exercer um cargo de extrema confiança no palácio do sultão...

O Contador de Histórias do Rei

Depois de uma noite maldormida e de terríveis pesadelos, o rei Leão acordou furioso e irritado com tudo e com todos. Os animais, tomados de temor e desespero, sabiam que aquele mau humor do Leão iria sobrar para algum deles, e em segredo se reuniram na floresta. Todos ainda se perguntavam o que fazer para acalmar o monarca e abrandar seu espírito para que sua ira não caísse sobre todos, quando o Camelo, na sua prudência, pediu a palavra e disse:

— Meus amigos, acabo de ter uma boa ideia! É de conhecimento de todos aqui na floresta que nosso rei adora ouvir histórias e lendas maravilhosas. Poderia um de nós ir até nosso monarca e narrar uma história ou lenda original e interessante. Tenho certeza de que isso lhe trará paz, e a bondade e a tranquilidade reinarão no seu coração novamente.

Os animais se entreolharam assustados, já que todos tinham pavor de se aproximar do rei naquelas circunstâncias. O Elefante, com ar tristonho, falou:

— Quem aqui teria coragem suficiente para se aproximar do rei? Há alguém aqui que conheça uma história maravilhosa e digna de Sua Majestade?

A esperta Raposa, que estava acocorada em um galho de uma árvore, falou, toda orgulhosa:

— Isso para mim é a coisa mais fácil do mundo! Ao contrário de vocês, coragem é que não me falta. Se, para curar o coração mal-humorado de nosso rei Leão, é necessária apenas uma boa história, essa é tarefa fácil para mim. Saibam todos que sou conhecedor de trezentas histórias, lendas e fábulas maravilhosas que aprendi em minhas viagens pelo mundo. Estou certo de que uma delas será um glorioso elixir para curar o mau humor de nosso rei.

Ao ouvirem aquilo, os animais começaram a aplaudir e a glorificar a Raposa. Com alegria, diziam:

— Viva a Raposa, viva a Raposa, viva a Raposa! Vamos até o palácio do rei Leão!

Então foi organizada uma grande comitiva, e todos se colocaram a caminho, com a famosa Raposa das trezentas histórias à frente, de peito estufado.

No meio do caminho, a esperta contadora de histórias parou e começou a tremer, exclamando assustada para seus companheiros de caminhada:

— Meus amigos, grande desgraça acaba de se abater sobre mim! Eu não acredito que isso possa ocorrer agora!

Todos ficaram assustados e indagaram, em coro, aflitos:

— O que houve, amiga Raposa? Fale-nos, fale-nos, o que está acontecendo!

A Raposa respondeu:

— Eu tinha trezentas histórias que sabia contar como ninguém, mas acabo de me esquecer de cem. Elas desapareceram como por encanto da minha memória!

Ao ouvirem aquilo, os outros animais disseram, aliviados:

— Ah, se é isso, não devemos nos preocupar. Ainda restam duzentas histórias, e uma delas há de acalmar o coração agitado pelos pesadelos do nosso rei!

O cortejo retomou a caminhada pela longa estrada que os conduziria até o palácio do rei Leão. Algum tempo depois, quando já estavam próximos da morada do monarca e podiam ouvir os fortes urros do Leão, a Raposa, ainda mais assustada, parou e falou com voz trêmula:

— Realmente hoje não é o meu dia mesmo!

Os animais se entreolharam e perguntaram:

— O que houve desta vez, amiga Raposa? Não nos aflija.

A Raposa respondeu:

— Podem não acreditar, mas, das duzentas histórias que estavam aqui na ponta da minha língua, mais cem voaram como pássaros de minha boca!

Aliviados ao ouvir aquilo, os animais, já começando a duvidar das habilidades da contadora de histórias, exclamaram:

— Ah, amiga Raposa, isto não é um grande mal! Ainda há cem histórias, e elas serão suficientes para agradar nosso rei Leão. Não é possível que, de cem histórias, uma não agrade o nosso monarca, trazendo-lhe a paz novamente.

Dizendo isso, mais uma vez tomaram marcha com a Raposa, que seguia à frente do cortejo, com ar abatido e amedrontado. Quando chegaram ao palácio do rei Leão, a Raposa caiu desmaiada. Os companheiros de jornada trataram logo de reanimá-la.

Com os olhos semicerrados e a voz muito fraca, ela sussurrou:

— Ai, que desgraça caiu sobre mim, meus bons amigos! Nem sei como contar, mas com o desmaio esqueci as últimas cem histórias que povoavam minha mente!

A notícia causou verdadeiro reboliço entre os animais, que ficaram desesperados e já não sabiam o que fazer para resolver aquela situação. E, pelos urros exaltados e impacientes do rei Leão, os animais estavam todos arrepiados e tremendo de pavor, pois o monarca aguardava aquele que iria lhe contar uma história para acalmar seu coração.

O Chacal, que era um animal prudente, e sabendo que já não podia contar com a Raposa, falou:

— Amigos aqui presentes, como sabem, sou um animal inculto e grosseiro, pois tenho vivido sempre em escuras grutas e isolado do mundo. Mas há alguns anos tive um sábio mestre, que me ensinou uma bela história, e acredito que, se nosso monarca e senhor a ouvir, ficará com o coração abrandado.

Os animais em coro exclamaram:

— Viva o Chacal! Viva o Chacal!

Encorajado pelos outros animais, o Chacal subiu, decidido, as escadas do palácio. Os animais aguardavam ansiosos, apesar de terem certeza de que ouviriam somente os uivos que o pobre Chacal soltaria sob as garras do impaciente rei.

Algum tempo depois, os animais, que aguardavam com grande expectativa o desfecho daquilo, viram, para sua surpresa, as portas do palácio se abrirem e surgir o rei Leão, sorridente e amável, saudando a todos. Quando olharam para o Chacal, todos arregalaram os olhos. Ele trazia o peito coberto por medalhas e, na cintura, uma faixa dourada de conselheiro.

Os olhos dos animais ficaram paralisados diante de tal cena, e todos estavam se coçando de curiosidade para entender o que havia acontecido dentro do palácio. Qual seria a história maravilhosa que o Chacal contara para o rei Leão para ele ter mudado de humor tão repentinamente e recompensado o Chacal com tamanha grandeza?

O Camelo, não se contendo de curiosidade, subiu humildemente as escadas, aproximou-se do rei e de seu novo ministro e perguntou:

— Perdoe-me, ilustre ministro. Não só eu, mas todos os animais aqui presentes têm enorme desejo e curiosidade de saber qual é a história que o senhor contou para nosso glorioso rei Leão.

O ministro Chacal respondeu pacientemente:

— Meu bom amigo Camelo, não tem nada de maravilhoso na história que narrei para Sua Majestade. O caso é que me aproximei de nosso glorioso rei e, sem lhe ocultar nada, contei a ele a peça que nos pregou a vaidosa e orgulhosa Raposa. O rei Leão achou muito engraçada a história e me falou: "Sempre é a mesma história, meu amigo Chacal, e sempre será! Longe dos olhos de um rei irritado e bruto, todos se inspiram a ter magníficas ideias. Porém, o verdadeiro talento e a verdadeira coragem de alguém só se revelam em ocasiões que nos defrontamos com as ameaças e os riscos da vida. E nesses momentos é que conheceremos aqueles que são corajosos e amigos".

O Sábio Vizir

Em seu palácio adornado de riquezas, o glorioso rei Hiamir solicitou que viesse à sua presença o seu honrado ministro Idálio. Assim que o homem se aproximou dele, o rei lhe disse:

— Meu vizir, quero fazer uma breve e longa viagem até as regiões mais distantes do meu reino, pois desejo caminhar pela província de Tiapur, que está na fronteira. Fui informado de que a região é um lugar assolado pela miséria e pela tristeza. Assim, quero que você vá alguns meses antes de mim, levando o que for necessário para Tiapur. E sem demora desejo que construa um magnífico palácio, com extensas varandas de marfim e pátios com jardins floridos e adornados, uma vez que nesse palácio ficarei hospedado por algum tempo com o maior conforto do mundo.

Ao ouvir isso, o vizir se ajoelhou diante do rei e, beijando a terra entre as mãos, falou:

— Meu rei, eu lhe obedeço! Sua ordem será levada comigo em meu coração!

Após cinco dias, uma grandiosa caravana de camelos carregados de ouro e provisões foi chefiada pelo grão-vizir e partiu da capital para a distante província de Tiapur. A fila de camelos era tão longa que, sob o rigor do sol do deserto, parecia um arabesco negro a serpentear pelas areias. Apenas uma vez ou outra encontrava alguns beduínos pelo caminho. Curiosos, sempre perguntavam:

— Por Alá, honrado vizir! Para onde vai tão longe, com tantas riquezas?

O chamir que conduzia aquela rica caravana respondeu, para saciar a curiosidade daqueles homens:

— O nosso grão-vizir irá construir um suntuoso palácio, com varandas adornadas de marfim e com pátios cobertos de flores, para nosso glorioso rei na província de Tiapur, Uassalã!

Por fim, a caravana chegou às terras de Tiapur com muitos homens corajosos e, entre eles, o talentoso Benadin, o arquiteto. Mas, ao ver a miséria e o abandono em que se achava aquela população, o vizir Idálio ficou desolado e triste. Viu, pelos caminhos e ruas, crianças famintas, esqueléticas e nuas, que mendigavam tâmaras secas. Viu casebres caindo aos pedaços, mulheres cobertas de trapos e homens pedintes no pátio da mesquita, esperando por uma migalha de pão que fosse atirada ali por alguns beduínos supersticiosos.

Aquela cena de miséria e amargura, presenciada pelo vizir a cada passo que dava, começou a torturar seu nobre coração. Idálio trazia, na sua comitiva, camelos carregados de ouro e uma soma vultosa de dinheiro para a construção do maravilhoso palácio do rei.

Sentindo-se amargurado com tanta tristeza e miséria, Idálio, em vez de executar as ordens do poderoso rei e construir o suntuoso palácio, decidiu usar o dinheiro em benefício da miserável população de Tiapur.

Mandou construir abrigos para os sem-teto, distribuiu alimentos entre os necessitados e famintos, ordenou que os enfermos fossem medicados, forneceu vestes aos que estavam nus, também mandou construir um asilo para órfãos, outro para cegos e aleijados, além de reformar a mesquita, que se encontrava em ruínas. Ao final de alguns meses, o que se viu foi uma completa transformação naquela cidade, onde homens haviam retomado sua dignidade e, cheios de entusiasmo, voltavam ao trabalho. As crianças brincavam sorridentes pelas ruas, enquanto mulheres cantarolavam nas portas de suas tendas.

Porém, o rei Hiamir, imaginando que seu suntuoso palácio já estivesse pronto, partiu para Tiapur acompanhado de grande e rica escolta. Não via a hora de chegar e desfrutar das maravilhas de sua mais nova moradia.

O vizir Idálio avistou ao longe o rei com a sua enorme escolta. Ele dirigiu-se, então, até o oásis de Kobo, que ficava a cerca de três horas de Tiapur, e ficou aguardando Sua Majestade.

Ao se aproximar de seu grão-vizir, o rei exclamou, sorridente:

— Meu amigo, estou ansioso para admirar meu palácio e desfrutar do seu conforto e riqueza. Estou fadigado de minha viagem e mereço descansar nos meus magníficos aposentos!

O vizir apenas assentiu e os conduziu até Tiapur. Logo ao entrar na cidade, o rei Hiamir foi surpreendido com honrarias e manifestações de júbilo feitas pela população. A cada metro que andava, os acenos e os gestos de orgulho e deferência a Sua Majestade aumentavam mais e mais.

Diante da reação de júbilo e alegria e surpreendido com aquela calorosa recepção, o rei falou ao vizir:

— Estou muito feliz, meu bom vizir, por saber que sou tão estimado e querido em terras distantes por meus súditos. Toda essa alegria conforta meu coração!

Em seguida, dando-se conta de que não via seu palácio ali na cidade, perguntou, intrigado:

— Idálio, onde está o palácio que ordenei que fosse construído?

O grão-vizir respondeu:

— Meu poderoso senhor! Antes de falar do vosso palácio, que vim até aqui para construir por suas ordens, tenho um pedido muito importante a lhe fazer! Como sabe, segundo nossas leis, um homem que mentir e desobedecer ao rei deve ser imediatamente condenado à morte! Meu rei, houve um entre seus homens que praticou esse grave delito, e espero que determine imediatamente a execução desse culpado!

O rei Hiamir indagou:

— Quem seria tal homem, meu vizir?

Idálio respondeu sem demora:

— O criminoso é este homem que lhe fala! Sou eu o criminoso, meu senhor!

Olhando nos olhos do rei, Idálio contou detalhadamente e sem ocultar nada o que se passou desde sua chegada a Tiapur e o estado de miséria em que todos se encontravam. Falou também da vida de amargura que viviam os enfermos, das crianças que andavam nuas e famintas pelas ruas, das mães que vestiam trapos e dos homens mendigando nas portas da mesquita. Ao final, confessou que, amargurado com tal sofrimento do povo, em vez de executar a ordem de construir o suntuoso palácio para o rei, resolveu aplicar o dinheiro em melhorias e benefícios para aquela pobre gente. E, ao terminar seu relato, Idálio se ajoelhou diante do rei e falou:

— Meu glorioso rei! Não cumpri o que me ordenou e confesso que não obedeci às suas ordens. Dessa maneira, aguardo humildemente o castigo que merecer e que seja determinada a minha sentença de morte!

O rei ficou por algum tempo em silêncio e em seguida falou, comovido:

— Meu bom amigo e honrado vizir, dê-me sua mão! Jamais poderia cair sobre sua consciência qualquer culpa, e o magnífico palácio que ordenei que construísse está diante de meus olhos, edificado com magnífica arte e talento, e posso contemplá-lo com alegria e júbilo.

E, como se seus olhos vissem um radiante e iluminado palácio, exclamou para todos:

— Vejam, meus amigos, que palácio magnífico e radiante! Meus olhos veem, nas torres brilhantes, as alegres e puras crianças brincando livremente, pois foram amparadas. Contemplo, nas incomparáveis varandas de marfim, o sorriso dos homens pelas ruas e admiro meus extensos jardins nos olhos gratos de mães cantando pelas tendas. Meu bom e honrado grão-vizir, como é magnífico e belo o palácio que a bondade de seu coração fez erguer nas terras de Tiapur! Alá seja exaltado.

Assim, o palácio maravilhoso do rei Hiamir foi construído pelo sábio e bondoso vizir, Idálio, não nos alicerces da terra, mas nas inabaláveis torres do coração...

O Coração Árabe

Certa manhã, nas perigosas montanhas que os persas chamam de "labaquir", os guardas do rei estavam de viagem, quando surpreenderam, antes da primeira prece, um grupo de contrabandistas. Um deles, ao reagir de arma na mão, foi morto pelos soldados, três conseguiram fugir, e o que tentou se esconder nas pedras foi capturado e levado no mesmo instante à presença do rei Chariar, conhecido como "O Inflexível".

Depois de consultar dois íntegros e sábios juízes dentro dos termos da lei, Chariar declarou que o contrabandista deveria ser morto imediatamente. O prisioneiro, ao ouvir sua fatal sentença, pediu permissão para falar, e o rei disse:

— Está bem, fale, prisioneiro!

O prisioneiro falou:

— Meu senhor! Sou Monir Salomão e, conduzido pela terrível ambição de tornar-me rico sem muito esforço e de maneira rápida, juntei-mei a um bando de contrabandistas. Mereço o castigo que caiu sobre mim, mas, antes de a sentença ser executada, desejo pedir-lhe algo.

O rei respondeu:

— Ande, qual seu último desejo?

Monir Salomão falou:

— Minha família mora em um pequeno povoado, bem distante desta cidade, e, caso eu morra hoje, minha mulher e filhos ficarão abandonados e sem recursos para sobreviver. Imploro que me conceda o prazo de um ano para organizar meus negócios e não deixar sem amparo minha querida família. No fim desse prazo, retornarei a esta cidade para que seja cumprida a minha sentença de morte.

Chariar, com expressão de surpresa, falou:

— Não teria a menor dúvida em atender a esse estranho pedido! Mas que garantia me dará de que daqui a um ano você retornará? Como poderia confiar na palavra de um contrabandista condenado à morte que, uma vez livre, seguramente nunca mais voltará a este reino?

Monir Salomão respondeu:

— Rei glorioso! Para que acredite em minha palavra, deixarei um amigo em meu lugar!

O rei disse:

— Que assim seja, mas, ao final de um ano, se não regressar a esta cidade para cumprir sua sentença, seu amigo será enforcado sem piedade!

Antes de sair, Monir Salomão falou:

— Que assim seja, meu senhor!

Aquela extraordinária notícia rapidamente se espalhou pela cidade, como se tivesse sido conduzida pelos ventos do deserto. Na manhã seguinte, diante do rei apresentou-se um homem cujo nome era Zeidun, oferecendo-se de boa vontade para ficar no lugar de seu amigo Monir Salomão. Chariar, ao vê-lo, advertiu-o num tom grave e firme:

— Zeidun, se no final de doze meses Monir Salomão não regressar para cumprir sua pena, você será enforcado no lugar dele. Aceita essa condição de boa vontade?

Zeidun respondeu sem fraquejar:

— Sim, eu aceito, meu senhor!

O tempo passou e, depois de um ano, Monir Salomão não retornou, e o rei ordenou que fossem feitos os preparativos para a execução de Zeidun, o bom amigo. Na praça principal foi erguida uma grande forca, onde o homem seria morto e teria o corpo exposto para que todos o vissem.

Na cidade, todos maldiziam Monir, que havia sido tão desleal com seu amigo ao abandoná-lo à sombra da morte. O burburinho era tal, que quase nem ouviram a extraordinária notícia de que Monir Salomão havia acabado de entrar na cidade.

O verdadeiro condenado surgiu diante de todos, coberto de areia e aos farrapos, pois fora surpreendido por uma violenta tempestade de areia, obrigando-o a atravessar praticamente todo o deserto a pé, atrasando sua viagem em dois dias.

Chariar ficou assombrado ao saber que um condenado à morte, fiel a sua palavra, havia atravessado o deserto em sacrifício para salvar seu bom amigo e ordenou que os dois árabes fossem levados a sua presença imediatamente. Ao vê-los, o monarca interrogou o fiel Zeidun:

— Seu caráter é digno de admiração, Zeidun! Realmente é um homem de grande coragem, pois ficou corajosamente no lugar de um condenado à morte. Deve saber que seu amigo poderia quebrar sua palavra e fugir, deixando-o à sombra da morte, e, mesmo assim, você ficou. Por quê, Zeidun?

Sereno, Zeidun respondeu:

— Emir dos Crentes! Fiquei para provar a todos que ainda existe confiança no coração dos árabes!

Então, Chariar se voltou bondoso para Monir Salomão e perguntou, com voz calma e segura:

— Quanto a você, caro Monir! A sua ação me deixou deslumbrado. Você estava livre para fugir para onde nunca mais poderíamos encontrá-lo, já que tem mulher e filhos que o prendem a esta vida. Poderia ir para outro país e abandonar seu bom amigo, que ficou de boa vontade em seu lugar, nas mãos do carrasco. Por que, mesmo sabendo de seu triste destino, voltou para os braços da morte?

Sem demora, Monir Salomão respondeu:

— Rei do Tempo! Voltei para provar para todos que ainda no coração dos árabes há lealdade!

Chariar, ao ouvir o que o condenado dissera, não se conteve de emoção. Levantou-se do trono e exclamou:

— Diante de tais palavras que eu e todos aqui acabamos de ouvir, declaro que Monir Salomão está perdoado de seu crime e o considero homem livre. Quanto ao seu bondoso e dedicado amigo, Zeidun, concedo-lhe uma recompensa de mil dinares!

Ao ouvirem aquela sentença, os nobres xeiques e vizires que presenciaram aquela cena no grande divã não se contiveram de curiosidade. Então, o grão-vizir, dirigindo-se com grande demonstração de respeito, inclinou-se diante do poderoso Chariar e perguntou:

— Glorioso rei! Venho em nome de todos pedir perdão por nossa ousadia, mas gostaríamos de saber qual foi o motivo que o levou a perdoar Monir Salomão e a recompensar o amigo dele, Zeidun. Pedimos que sacie nossa curiosidade!

Chariar ficou em silêncio e, depois de refletir por alguns segundos, falou para todos:

— Meus amigos, estes dois homens procederam com lealdade e nobreza! Por essa razão, absolvi Monir Salomão e recompensei seu amigo Zeidun, uma vez que minha sentença tem por fim provar que no coração dos árabes ainda existe bondade! Já na recompensa merecida quis apenas mostrar para todos que no coração dos árabes ainda existem também a generosidade e a justiça. Uassalã!

O Homem com Sombra de Cavalo

Um velho provérbio árabe que está sempre na boca do povo e se repete em diversas circunstâncias diz: "Trate de seu cavalo, que tratará de si próprio". Mas uma bela história conta que um rico mercador de Meca chamado Salim el-Macalia não respeitava os sábios ensinamentos dessa grande verdade, tampouco dava importância às santas palavras do Alcorão e aos sábios conselhos do Profeta.

Se alguém o encontrava pela rua e o censurava por maltratar o próprio cavalo, Salim respondia grosseiramente:

— Isso não é da sua conta! Além do mais, tenho muito dinheiro e, caso este venha a morrer, compro outro!

Certo dia, Salim el-Macalia fazia uma jornada sob o sol causticante da Arábia, quando seu cavalo, exausto pela longa jornada, caiu de sede e fome e, em seguida, morreu. Indiferente à morte do animal, o mercador colocou no ombro seu saco e seguiu a pé a viagem que lhe restava.

Mas um fato curioso começou a chamar a atenção de Salim: todas as pessoas que ele encontrava pelo caminho, ao vê-lo, corriam apavoradas. Ao perceber que todos fugiam de sua presença como se houvesse uma terrível aparição diante de seus olhos, Salim exclamou:

— Pelas barbas do profeta! O que há comigo que estão todos fugindo quando me veem?

Mal havia dito tais palavras e apareceu um velho nômade vindo em sua direção. Antes de o homem também fugir de sua presença, Salim o agarrou pela camisa e, colérico, gritou:

— Por que está querendo fugir de mim, seu miserável? Diga-me logo!

O pobre beduíno, apavorado, respondeu gaguejante:

— É que... o... o... se... senhor... es... está... com... som... sombra de um cavalo! Olhe para sua sombra!

Então, Salim olhou para o chão e, para seu espanto ao olhar para seus pés, viu que não se projetava a sombra de um homem, mas, sim, uma nítida sombra de cavalo, com longas orelhas, quatro patas e cauda a balançar de um lado para outro. Tomado de imenso terror, percebeu o tamanho de sua desgraça: o cavalo, instantes antes de morrer, havia deixado ao homem como herança aquela maldita sombra para acompanhá-lo pelo resto de sua miserável vida.

Aquela extraordinária notícia logo se espalhou pelas caravanas que voltavam da Cidade Santa pelas aldeias e oásis, e todos diziam: "Salim el-Macalia, o mercador, tem sombra de cavalo!".

Na cidade de Meca, uma verdadeira multidão de curiosos esperava pela volta do homem que agora tinha sombra de cavalo. Mas ele não voltou. O que houve foi que Salim esperou a noite cair para ter a proteção das sombras, mas, mesmo dessa maneira, ao passar diante de uma casa, a medonha sombra de cavalo se projetou na parede, e uma menina, assustada com aquela apavorante imagem, gritou para seus pais:

— Olhem o homem com sombra de cavalo! Olhem o homem com sombra de cavalo!

Mas, antes que o vissem para zombar de seu triste destino, Salim correu pelas escuras ruas de Meca e, a partir daí, sua vida era fugir dos olhos curiosos das pessoas. Também já não podia mais aparecer na cidade durante os dias, e só mesmo a escuridão da noite o protegia. Ele só andava sorrateiro pelos lugares sombrios e longe da luz. Salim estava desesperado. Sua vida havia se tornado um inferno. Certa noite, em pânico, decidiu procurar e consultar um velho e sábio Imã, que era admirado pelos seus milagres e curas.

Depois de ouvir toda a história de Salim, o Imã falou:

— Meu caro, fez muito bem em procurar por minha ajuda. Se ouvir meus conselhos, essa sombra nunca mais o seguirá, e você poderá voltar a viver sua vida como antes, sob a luz do sol.

Salim disse com voz desesperada:

— Meu amigo! Faço tudo o que for necessário para que esta maldita sombra de cavalo me abandone!

O velho Imã respondeu:

— Faça bem aos outros, ampare aqueles que mais necessitam, e você voltará a ser um homem feliz!

Então Salim el-Macalia ouviu e seguiu fielmente os conselhos do sábio Imã e socorreu os pobres, auxiliou os enfermos e amparou as crianças, gastando grande parte de seus bens em auxílio aos humildes e necessitados. Sem se dar conta, à medida que praticava o bem e a caridade, a sombra de cavalo ia desaparecendo e, no lugar dela, sua sombra humanizada novamente tomava forma.

Certo dia, ao sair pelas ruas para caminhar, Salim viu uma criança ser atacada furiosamente por um cão e, tomado de coragem incontida, saltou sobre o animal. Depois de lutar contra o cão, Salim a salvou. Ainda fadigado ao olhar para seus pés, viu que a sombra de cavalo havia sumido definitivamente e, no seu lugar, surgiu sua antiga sombra humanizada. A partir desse dia, ninguém mais zombou de Salim el Macalia: pelo contrário, ele tornou-se um dos homens mais respeitados e queridos de Meca.

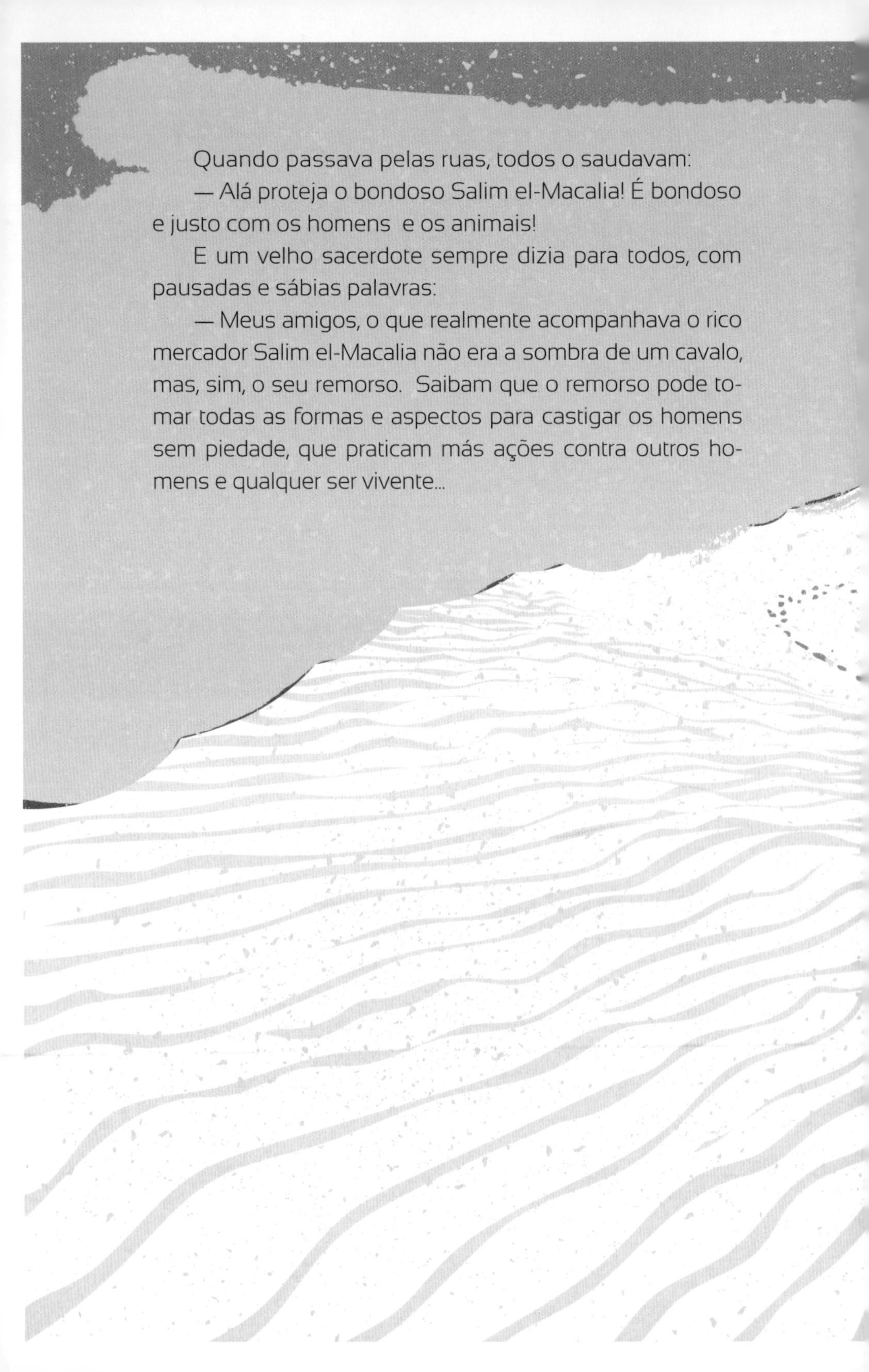

Quando passava pelas ruas, todos o saudavam:

— Alá proteja o bondoso Salim el-Macalia! É bondoso e justo com os homens e os animais!

E um velho sacerdote sempre dizia para todos, com pausadas e sábias palavras:

— Meus amigos, o que realmente acompanhava o rico mercador Salim el-Macalia não era a sombra de um cavalo, mas, sim, o seu remorso. Saibam que o remorso pode tomar todas as formas e aspectos para castigar os homens sem piedade, que praticam más ações contra outros homens e qualquer ser vivente...

A Gruta da Fatalidade

Certa vez, um jovem árabe de Hedjaz se viu no meio de um terrível ataque feito pelo impiedoso beduíno e xeique Abu Dolak ao acampamento da tribo dos Morebs. Ali, naquele momento, um velho seria enforcado. Tomado de coragem, salvou o ancião da morte certa, sem nem mesmo saber por que ele havia recebido a pena de morte.

O que o jovem não sabia era que o ancião era um feiticeiro. Este, em sinal de gratidão, deu ao seu salvador um raríssimo talismã e lhe disse:

— Meu amigo, essa pequenina pedra negra em forma de coração, eu a encontrei há alguns anos dentro do túmulo de um santo muçulmano. Devo adverti-lo de que essa maravilhosa pedra permite a quem a possui a entrada livre na famosa Gruta da Fatalidade, onde está, por vontade de Alá, o Livro do Destino. Segundo ensina o Alcorão, está escrita a vida de todos nós, *maktub*, no grande Livro do Destino. Saiba que cada homem tem lá sua página com tudo de bom ou de ruim que lhe vai acontecer em sua vida. Todos os fatos, desde o cair de uma fina folha até a morte de um califa, estão escritos ali.

Ao terminar de falar, o velho se foi, e, depois de refletir por algum tempo com aquele talismã nas mãos, o jovem decidiu encontrar a Gruta da Fatalidade. Sua procura pela famosa gruta encantada se estendeu por longos anos, até o alto das montanhas de Masirah, muito além do deserto de Dahna.

Quando finalmente encontrou a Gruta da Fatalidade, ao se aproximar viu que um djim, gênio bondoso, guardava e protegia a porta.

Antes de permitir a entrada do viajante, o gênio disse:

— Pode entrar, mas só deve permanecer na gruta por alguns minutos!

O jovem estava em êxtase, e sua intenção era alterar o que estava escrito na página de sua vida, fazendo de si um homem muito rico e feliz.

Sussurrou para si mesmo, enquanto estava diante do Livro do Destino:

— Basta que eu acrescente, com esta pena que eu trouxe: "Será um homem feliz e rico, estimado e respeitado por todos, e terá muito dinheiro e saúde!".

Porém, lembrou-se dos seus grandes inimigos e poderia, naquele momento, fazer o mal que desejasse para eles, tornando a vida deles um tormento e os jogando na mais vil miséria. Sorrindo e movido por sentimento de vingança, torpeza e ódio, deixou de lado seu nome e foi até a página onde estava um de seus inimigos, Ali Ben-Homed, o mercador. Em seguida, leu o que iria acontecer no desenrolar da vida desse homem e, sem pensar nas consequências e movido por puro rancor, acrescentou nas últimas linhas: "Ali Ben-Homed morrerá pobre e sofrendo os maiores tormentos!".

Em seguida, foi até a página do xeique Zalfah el-Abari e, impiedoso, alterou a página inteira, onde reescreveu: "O xeique Zalfah el-Abari perderá todos os seus bens, ficará cego e morrerá de fome e sede no deserto!".

Assim, tomado de ódio e vingança, esse tolo jovem foi alterando a vida de um por um daqueles que ele considerava seus inimigos, amaldiçoando todos e jogando-os numa vida de lamento e miséria.

No entanto, preocupado em dar um triste futuro para seus inimigos, ele se esqueceu de fazer algo em seu favor e mudar seu próprio futuro. Estava apenas engajado em semear o infortúnio e a dor, em vez de escolher ao menos a menor parcela de felicidade.

De repente, sem que esperasse, surgiu diante dos olhos do jovem um gênio feroz e impiedoso, que o agarrou brutalmente pelos braços, arrancou o talismã de suas mãos e o jogou para fora da gruta. A violência foi tanta que, ao cair, o jovem bateu a cabeça nas pedras e perdeu os sentidos.

Depois de muito tempo, quando se recuperou, viu que estava bastante ferido, muito distante da gruta, próximo a um oásis do deserto de Omã.

Sem o precioso talismã, nunca mais ele pôde voltar à Gruta da Fatalidade, nas montanhas de Masirah, perdendo a única oportunidade de mudar seu destino e ser um homem rico, respeitado e feliz.

Quantos homens há neste mundo que, preocupados em levar o mal e a miséria aos seus semelhantes, se esquecem do bem que podem fazer a si próprios?

A Poesia e o Vaso

Na rua El-Kichâni, conta-se que certa vez houve uma grande rixa entre o jovem Fuazi, um poeta conhecido naquelas redondezas, e o oleiro Nagib. Como ouviram gritos e brados, os curiosos se amontoaram para ouvir aquela singular discussão e se perguntaram:

— O que houve com os dois para estarem brigando assim? O que será que aconteceu? Será que a briga é para valer mesmo ou só ficaram nas acusações?

Como o tumulto já estava grande, um guarda se aproximou e, para evitar que aquilo se agravasse, resolveu conduzir os dois briguentos até a presença do cádi, o juiz, considerado um homem bondoso e justo.

Ao ver os dois homens que foram trazidos pelo guarda, o cádi, primeiro interrogou o oleiro Nagib, que parecia mais exaltado e furioso:

— Meu bom amigo, qual o motivo de tanta fúria? O que está havendo de tão grave para o guarda conduzi-lo à minha presença? Por acaso foi agredido?

Nagib respondeu sem demora:

— Sim, senhor juiz, fui agredido! Fui agredido por este poeta em minha própria casa!

O juiz, vendo que o oleiro se calou por alguns segundos, falou:

— Vamos, homem, continue!

Diante da ordem do juiz, ele prosseguiu:

— Bem, eu estava como de costume me dedicando ao trabalho na minha oficina, preparando dois novos vasos coloridos, já que pretendia vendê-los ao honrado príncipe Rauz, quando ouvi um forte ruído de objetos se quebrando. Imediatamente me dei conta do que se tratava. Este poeta que se encontra diante do senhor, ao passar pela rua Bardauni, atirou sem motivo uma pedra em direção à minha oficina. Como eu havia colocado um dos meus belos vasos para secar bem próximo à porta, a pedra atingiu-o em cheio, partindo-o em mil pedaços. É um absurdo e grave crime, senhor juiz. Assim, estou no meu direito e exijo uma indenização imediatamente!

Serenamente, o juiz se virou para Fauzi, o poeta, e perguntou:

— Meu amigo, o que tem a dizer em sua defesa? O que o levou a agir dessa estranha maneira e prejudicar este homem?

O poeta respondeu:

— Senhor cádi! Estou seguro de que me dará razão neste caso!

Ficou em silêncio por alguns instantes e, como o juiz pediu para que prosseguisse em sua defesa, o poeta continuou:

— Há três dias eu voltava da mesquita e, ao passar pela rua Bardauni, em que Nagib, o oleiro, tem sua oficina, ouvi que ele declamava meus poemas. Então notei com tristeza que todos os versos estavam errados e o oleiro os mutilava. Eu me aproximei e gentilmente o ensinei a repetir meu poema, o que Nagib fez sem grande dificuldade. Mas, no dia seguinte, ao passar novamente por aquela rua, escutei outra vez o oleiro repetir erroneamente meu poema e, com muita paciência, tornei a ensinar-lhe a forma correta dos versos. Porém, ao final da tarde daquele mesmo dia, voltava do meu trabalho e, ao passar diante da oficina de Nagib, notei que o oleiro declamava minha bela e incomparável poesia mutilando-a de modo vergonhoso. Fiquei furioso e cego de indignação, não me contive, apanhei a primeira pedra que vi no chão e atirei, partindo um dos vasos dele. Senhor juiz, como pode perceber, meu procedimento foi apenas mágoa de um poeta ferido em sua sensibilidade artística por um homem insensível e grosseiro.

Terminado o relato do poeta, o juiz se dirigiu a Nagib e declarou, seguro:

— Meu bom Nagib, que isso que acaba de passar sirva de grande lição para sua vida! Deveria saber que só respeitando as obras de outros artistas, a sua obra também será respeitada. Se por acaso se julga no direito de quebrar os versos deste poeta, este também se achou no direito de quebrar um de seus belos vasos. Não se esqueça de que o poeta é o oleiro da frase; já o bom oleiro é o poeta da cerâmica!

Após alguns minutos de silêncio e reflexão, o ilustre cádi declarou a seguinte sentença:

— Determino que o oleiro Nagib fabrique um vaso novo com linhas perfeitas, cores vivas e harmoniosas e, após o término, passe-o para o poeta Fauzi, que irá escrever uma de suas mais belas poesias na peça. Em seguida, os dois irão colocar o vaso em leilão, e o valor da venda será repartido de maneira igual entre ambos.

A história em pouco tempo se espalhou por toda a cidade e o oleiro Nagib vendeu belos vasos com incomparáveis poesias do poeta Fauzi, levando os dois a viverem uma vida próspera e feliz. Assim o oleiro ficava encantado ao ouvir o poeta declamar suas poesias, já o poeta ficava admirado ao ver o oleiro fabricar seus belos vasos...

A Luz Azul do Farol

Certo dia, depois da prece do amanhecer, o sultão El-Khamir, rei e senhor do Hedjaz, solicitou que o prefeito da cidade se apresentasse imediatamente diante dele e falou:

— Meu amigo prefeito! Estou intrigado com algo que me ocorreu nesta noite. Ao me levantar para tomar água na madrugada, aproximei-me da janela e, para minha surpresa, avistei a uma boa distância, perdida e solitária no meio da escuridão, uma pequena luz azul muito viva. Desejo que descubra quem passou a noite a velar e qual o real motivo!

O prefeito de Jidda, capital do Hedjaz, respondeu:

— Meu senhor, creio que esse inquérito seja inútil neste momento, uma vez que aquela luz que viu nesta noite provinha do oratório da minha casa! Na verdade, minha família e eu passamos a noite a orar para o Deus Onipotente pela saúde e prosperidade de Vossa Majestade!

O sultão, espantado e comovido com tal revelação, disse:

— Meu bom amigo, eu lhe sou muito grato pela sua sincera amizade e afeto! No momento oportuno, saberei recompensar você e sua família pelos cuidados que me dedicam!

O prefeito se retirou e o sultão mandou que viesse a sua presença o seu grão-vizir, o respeitável ministro Maolim, que ocupava elevadas funções em seu governo.

— Meu caro vizir Maolim, desejo recompensar com mil dinares de ouro o prefeito de Jidda — falou, sorridente.

O grão-vizir, com os olhos quase saltando das órbitas de tanto espanto ao ouvir aquilo, exclamou:

— Por Alá! Meu senhor, mil dinares de ouro é uma quantia considerável! O que o prefeito desta cidade fez para merecer tal prêmio?

O rei respondeu depois de alguns instantes de silêncio:

— Nosso bom prefeito praticou uma nobre e sublime ação em benefício de seu rei, e por este ato desejo recompensá-lo!

Em seguida, o sultão narrou tudo o que se passou, da luz azul e da confissão do prefeito. Depois de ouvir tudo com extrema paciência, Maolim falou:

— Majestade, lamento lhe dizer, mas o senhor foi iludido pelas palavras desse homem mentiroso! O prefeito de Jidda não tem família e só ora nas mesquitas quando obrigado. Isso eu posso provar. Além do mais, vive como avarento em miserável casebre, muito além do bairro judeu.

Ao ouvir essas palavras de seu vizir, o rei, reflexivo, perguntou:

— Então, meu bom vizir, poderia me ajudar a esclarecer de onde provinha a luz azul?

O ministro, inclinando-se humildemente, falou:

— Meu senhor, vejo-me obrigado a confessar-lhe a verdade! Bem, a pequena luz azul que intrigou os olhos de Vossa Majestade provinha da lâmpada de azeite que iluminava a minha sala de estudos. Passei a noite em claro meditando sobre como auxiliar nosso glorioso sultão a resolver os múltiplos problemas nas audiências de hoje. Juro pelo Alcorão que esta é a mais pura verdade!

Jubiloso, o ingênuo rei abraçou Maolim e falou:

— Meu amigo e esforçado vizir! Admiro a dedicação e o amor ao seu dever. Por isso, em breve você terá uma digna recompensa!

Mal o vizir se retirou, o sultão ordenou a presença imediata do general Muhiddin, chefe das tropas muçulmanas de Hedjaz, e falou:

— Meu caro general, desejo conceder ao meu esforçado vizir, Maolim, o título de xeique de Loheia! Portanto, ordeno-lhe que destaque um corpo de quinhentos soldados que ficarão permanentemente à disposição para servir e proteger o novo dignitário do Hedjaz.

Vendo que o general tinha no rosto a expressão de quem não estava entendendo nada, o sultão detalhou a ele a história da luz e o que acontecera para que o vizir merecesse tal honra.

Ao ouvir aquilo, o general coçou o queixo e falou, admirado:

— Majestade, estou certo de que Maolim lhe faltou com a verdade! Peço permissão para provar que esse mentiroso vizir se esqueceu do respeito que deve ao nosso glorioso sultão e mentiu, mentiu como um infiel!

O monarca respondeu:

— Mentiu também? E mentiu como o prefeito? Então, como poderei apurar e descobrir o mistério da luz azul?

O general, inclinando-se, falou:

— Glorioso e afortunado senhor! Era minha intenção ocultar a verdade, mas, ao ouvir tal mentira do vizir, sou obrigado a lhe confessar. A luz azul que durante a noite atraiu a atenção de nosso rei provinha de minha tenda de campanha.

O monarca árabe soltou uma exclamação ao ouvir aquela imediata confissão:

— Por Alá! Então provinha de sua tenda, meu bom general?

O general, confirmando o que havia falado, respondeu:

— Sim, meu senhor! Ouvi alguns boatos de um provável levante revolucionário que algumas tribos do interior planejavam. Assim, com receio de que os beduínos rebeldes e seus aliados viessem atacar o palácio real durante a noite, decidi ficar acampado nas cercanias da cidade com algumas forças de confiança, a fim de proteger a vida e os tesouros de nosso rei.

O poderoso sultão, ao ouvir aquela história, com imensa emoção exclamou:

— Por Alá! Que valentia e heroísmo do meu general em proteger seu rei e os tesouros do reino! Meu amigo, você será muito bem recompensado por esse ato de tal bravura e lealdade!

Nem bem o general se despediu, o rei se pôs a falar sozinho, refletindo sobre tudo que acabara de ouvir.

— O que farei para recompensar esse corajoso e nobre ato do general? Talvez lhe conceda o título de príncipe de Hedjaz e uma honrosa pensão de vinte mil dinares anuais. Ou talvez ele mereça ainda mais, pois salvou minha nobre vida. Quem sabe o que eu poderia lhe oferecer, quem sabe?

Como não chegou a conclusão alguma após refletir por longo tempo, o inocente sultão resolveu consultar seu velho mestre, o prudente ulemá Ali-Effendi. Depois de contar toda a história, sem ocultar nada, seu sábio conselheiro disse:

— Meu soberano, na minha sincera opinião, não merece recompensa nem o prefeito, nem o vizir, nem mesmo o general, já que todos lhe faltaram com a verdade. A luz que tanto o intrigou na verdade provém do farol de El-Basin, que instrui os navegantes a entrar com segurança no porto, em noites de tempestade.

O rei, ao ouvir aquilo, exclamou surpreso para seu sábio conselheiro:

— Então era apenas a luz do farol, apenas isso!

O prudente ulemá respondeu:

— Sim, Majestade! Ah, eu o aconselho a verificar nesta mesma noite que eu falo a verdade!

Após três horas da última prece, a noite cobria a cidade. Então o sultão El-Khamir se levantou do leito e foi até a varanda, de onde podia ver praticamente toda a cidade. Mas teve uma grande surpresa ao vê-la extraordinariamente iluminada. A notícia de suas grandes recompensas havia se espalhado, e todos queriam agradar o sultão. Eram centenas e centenas de lanternas, lampiões e lâmpadas acesas. A casa do ministro parecia o harém de um califa em noite de festa do mês do Ramadã, de tão iluminada.

Diante daquele espetáculo de luzes a iluminar a cidade, o sultão falou para si mesmo, enquanto voltava para seu repouso:

— É realmente uma grande verdade: para cada súdito honesto e dedicado, há um milhão de mentirosos e bajuladores!

A Ideia do Músico

No raro e curioso livro *La Tanish*, é narrada uma bela história de três velhos amigos, um alfaiate, um caçador e um músico, que, num fim de tarde, estavam em uma das ruas do Cairo jogando bola, descontraidamente. Mas, sem querer, em uma jogada, a bola escapou das mãos de um dos jogadores e acertou violentamente o olho direito de um camponês chamado Chafik, que passava por ali, ferindo-o.

Colérico, o homem começou a esbravejar, a vociferar e depois a gritar como um louco:

— Exijo uma indenização, exijo uma indenização!

Os populares logo foram chegando e se reuniram ali, tentando acalmar Chafik, mas nada nem ninguém conseguiu mudar a ideia do rancoroso camponês de conseguir a punição para os três amigos.

O acontecido acabou sendo levado à presença do célebre Kalil Habalin, um dos juízes mais famosos do Islã.

O velho e sábio juiz, após ouvir a queixa feita pelo colérico e ferido Chafik, e concluindo que aquele acidente fora uma completa casualidade, voltou-se imponente para os três acusados e os questionou:

— Bem, agora que ouvi as acusações de Chafik, gostaria de saber: no momento da partida em que ocorreu o acidente, qual dos três jogadores se achava com a menor pontuação na partida?

O músico se adiantou e, como era o mais velho dos três jogadores, respondeu sem receio:

— Meu senhor, a vitória era dada como certa para mim; em segundo e com alguma chance de ganhar, estava o caçador; e com praticamente nenhuma chance de me alcançar e com o menor número de pontos estava o alfaiate.

O juiz, depois de ficar em silêncio por alguns minutos, refletindo sobre a questão, falou suavemente:

— É difícil apurar este caso e descobrir o verdadeiro culpado, mas seguramente um de vocês foi o responsável por ferir com a bola o olho direito do azarado Chafik. Como sabem, o Alcorão determina em nosso código de justiça que um dos três jogadores sofra o mesmo golpe que feriu o camponês. Assim, determino que o alfaiate, pela inabilidade de jogar, sofra um golpe idêntico no olho esquerdo, uma vez que no momento do acidente era o que tinha menos pontos na partida. Deduzo ser ele o autor do golpe contra Chafik, já que é o que tem menos habilidade.

Ao ouvir a sentença do juiz, o pobre alfaiate ficou pálido e trêmulo e começou a suar como se estivesse caminhando sob o sol do deserto. Inclinou-se diante do juiz Kalil Habalin e disse:

— Judicioso juiz! Estou seguro de que, pelo seu nobre desejo de punir o verdadeiro culpado, é sábia sua sentença, mas isso cairá impiedosamente sobre meus ombros! Sei que não sou dos mais hábeis no jogo, e isso é do conhecimento de todos, mas, pela confusão do momento, é difícil apurar de quem realmente partiu tal golpe. Há outro senão: se eu levar uma bolada no olho esquerdo, ficaria impossibilitado de exercer minha árdua profissão, que exige precisão. Como poderia, com um só olho, preparar roupas para meus exigentes fregueses? Penso que nosso habilidoso caçador poderia sofrer sem nenhum prejuízo a bolada no olho, já que todos sabem que um caçador, ao mirar uma presa, fecha um dos olhos. Assim, o que importa se o caçador perder um dos olhos, já que um olho é inútil para sua profissão?

Ao ouvir o alfaiate, o juiz Habalin ficou por algum tempo em silêncio e depois falou:

— Analisando os argumentos feitos pelo honrado alfaiate, cheguei à conclusão de que eles são válidos e têm fundamento. Assim, reformulo minha sentença e determino que, em vez de o alfaiate ser ferido com a bolada no olho, que seja o olho direito do caçador!

O caçador, ao sentir que a situação se complicava para seu lado, desejou também se defender daquela terrível sentença e, trêmulo, começou a torcer as mãos e se ajoelhou diante do digno juiz.

— Honrado juiz, realmente o que acaba de ouvir sobre mim é verdade e não nego que, ao avistar uma caça, fecho um olho para poder mirar com precisão e abatê-la. Mas, se a escolha é por esse motivo, creio que haveria mais razão de que essa sentença caia sobre o músico, já que é do conhecimento de todos que, quando esse exímio flautista toca uma bela melodia, fecha os dois olhos para senti-la. Dessa maneira, o que importa se nosso amigo músico tomar uma bolada no olho direito ou no esquerdo, já que fecha os dois olhos no exercício de sua profissão?

O juiz Habalin refletiu por alguns instantes e em seguida falou:

— Mais uma vez me vejo obrigado a reconhecer que os argumentos de nosso amigo caçador têm fundamento e devem ser considerados. Dessa maneira, reformulo novamente a sentença e determino que, em vez do caçador, seja o músico a levar uma bolada no olho que o acusado desejar.

O músico ouviu a sentença inquieto e, percebendo que sua situação era delicada, pediu permissão para o juiz e, depois de se ajoelhar, falou:

— Sábio cádi, que lucro terá o camponês Chafik caso eu leve uma bolada no olho direito ou no esquerdo? Sugiro uma solução para este caso: que o camponês seja indenizado pelo alfaiate, pelo caçador e por mim, e que todos contribuam em partes iguais.

O sábio juiz, não se contendo de curiosidade, perguntou:

— Qual seria a indenização que sugere, amigo músico?

O músico respondeu:

— Senhor juiz, o caçador irá caçar uma raposa, prateada; o alfaiate, com a pele dessa raposa fará um magnífico colete, que será oferecido ao camponês.

O juiz Habalin, satisfeito com aquela interessante sugestão do músico, proclamou sua sentença final:

— Para que este caso seja encerrado, determino que o caçador siga até a mata, cace a raposa e a entregue ao alfaiate, que fará um belo colete, o qual será dado como indenização ao camponês Chafik.

Porém, um advogado, que acompanhava todo o caso em silêncio desde o princípio do julgamento, não se conformou com a sentença final do juiz e, pedindo permissão, falou respeitosamente:

— Senhor juiz, pelo que observei, a sentença final beneficia os três acusados por meio do sacrifício de apenas dois! Como sugeriu o músico, os três deveriam contribuir com parcelas iguais. No entanto, coube ao caçador trazer a raposa prateada, e coube ao alfaiate fazer um belo colete com a pele da caça. Mas e o flautista, qual foi a contribuição dele para a confecção do colete?

Depois de escutar aquilo com um semblante fechado, o íntegro e sábio Kalil Habalin sorriu e, a fim de evitar qualquer dúvida que pudesse manchar sua decisão, assim falou:

— Amigo advogado, na indenização aceita pelo camponês Chafik, estou seguro de que os três contribuíram igualmente: o astuto caçador pegará a raposa, e o habilidoso alfaiate fará o colete. Quanto ao talentoso e sábio músico, sua contribuição foi com sua brilhante ideia.

E concluiu:

— Pode acreditar no que eu digo, meu bom amigo: há ideias que valem mais do que todas as raposas prateadas deste mundo...

O Homem Ingrato

Vivia no Cairo um aguadeiro de nome Nasir Hussein, que exercia sua profissão ao lado da mesquita de Barkuk e era conhecido como Al-Karuf. Mesmo trabalhando arduamente, vivia em extrema pobreza, sem perspectiva de melhorar de condição de vida. Parecia que o destino o empurrava cada vez mais para a miséria.

Tomado por grande revolta e estimulado por vis pensamentos, falou para si mesmo:

— Por esta miséria que me tornou mais pobre que um felá, juro passar um ano inteiro sem agradecer a qualquer benefício que me façam! Minhas palavras e olhos desdenharão a todos que me estenderem suas bondosas mãos!

Passado um ano de tão miserável juramento, o infeliz Hussein retornava certo dia à sua paupérrima tenda às margens do silencioso rio Nilo, mas, ao cruzar as antigas ruínas de um cemitério muçulmano, viu surgir diante de seus olhos um velho de horrenda aparência. A visão daquele homem o encheu de pavor. O homem tinha os olhos saltados para fora da órbita, como se fosse uma fera enfurecida. A boca grande e desdentada quase alcançava as orelhas negras e grossas, onde estavam pendurados dois longos brincos de ossos de girafa. As mãos peludas e as longas unhas retorcidas lembravam as de um chacal. Os pés eram disformes como patas de um monstruoso elefante.

Aquela horrenda criatura deixou o pobre Hussein tão aterrorizado que ele quis invocar o nome de Alá, o Altíssimo, para afugentar aquele apavorante ifrite, mas sua língua estava paralisada de medo. Quebrando aquele silêncio tenebroso, o servo de Cheitã falou com voz cavernosa e metálica:

— Miserável Hussein, não me tema, pois não irei feri-lo! Se hoje deixo a gruta onde vivo, é para seu próprio bem. Ouvi seu juramento e acompanhei você nesse longo ano em que você não balbuciou uma única palavra de agradecimento para aqueles que lhe estenderam as mãos. Esse seu ato merece uma generosa recompensa, pois, como deve saber agora, sou o Gênio da Ingratidão e sou generoso com aqueles que são ingratos com os que lhes auxiliam. Infeliz Hussein, diga-me quais são os seus desejos, e eu os realizarei.

Passados alguns momentos do espanto que aquela criatura lhe causara, Hussein procurou dominar seu terror. O ifrite, percebendo a insegurança de Hussein, exclamou:

— Infeliz Al-Karuf, não perca mais seu precioso tempo! Diga o que deseja e ambiciona, meu amigo! Seria um rico palácio, baús de ouro e pedras preciosas ou tesouros do próprio sultão?

Hussein, com a voz trêmula pela possibilidade de sair daquela condição miserável e viver uma vida no meio de riqueza e luxo, falou:

— Meu senhor! Sempre vivi na mais pura miséria, tanto que até um desprezível escravo das galeras ou um paupérrimo lavrador é mais feliz do que eu. O único bem que possuo são estes trapos que me cobrem o corpo. Já que a sorte vem ao meu encontro, desejo possuir tantas riquezas que nem eu mesmo possa contá-las. Desejo todo o ouro que possa satisfazer a ambição de um homem avarento!

— Hussein, pelo que vejo, você é um homem bem modesto! Se houver coragem em seus olhos, domine seu medo e olhe para trás! — exclamou o ifrite, de maneira irônica.

A curiosidade foi maior que o medo, e, ao se virar, Al-Karuf ficou assombrado ao ver uma extensa fila de camelos ricamente adornados, carregando grandes e pesados sacos de ouro e pedras preciosas. O gênio, sorridente, falou:

— Afortunado Hussein, contemple esses cem camelos carregados de ouro e pedras preciosas, pois agora eles pertencem a você.

A alegria de Al-Karuf foi tão grande que o aguadeiro pensou que ficaria louco. O suor escorria por sua testa, as mãos tremiam, e os olhos reluziam de cobiça diante de todo aquele ouro. Porém, Hussein sabia, por ter ouvido em diversas conversas de outros moradores das redondezas, que jamais deveria agradecer ao gênio pelos presentes. Ai dele se murmurasse qualquer agradecimento que fosse: a cólera do ifrite cairia sobre ele, que seria castigado de maneira impiedosa. Pensando nisso, Hussein exclamou, colérico:

— Gênio miserável! ifrite vil! É mais miserável que um chacal! Que Cheitã, o Maligno, persiga-o e o atormente por toda a eternidade!

O ifrite respondeu:

— Ah, essas suas vis palavras são música para os meus ouvidos! Sinto-me feliz em ouvir alguém retribuir com ingratidão o bem que recebeu! Agora saia daqui cão imundo e miserável! Que Cheitã carregue seu ouro e sua existência inútil...

Não dando importância a tais palavras e pragas, Al-Karuf deu as costas ao gênio e se foi, conduzindo para a cidade o mais rapidamente possível seus camelos abarrotados de riquezas.

Mas, mal deu os primeiros passos, viu, espantado, surgir um horrendo cão negro, que passou por ele a soltar uivos arrepiantes e em seguida sumiu na estrada. Hussein ainda se recuperava do susto, quando ouviu gritos desesperados de socorro do ifrite e exclamou:

— Por Alá! O ifrite está sendo atacado pelo cão horrendo e com certeza será morto por aquela criatura, que deve ser algum gênio inimigo!

Ao terminar de falar, Al-Karuf instintivamente se virou para ver o que estava havendo e, para sua surpresa, em vez de ver o Gênio da Ingratidão ser atacado pelo monstruoso cão, viu apenas o ifrite a gargalhar diabolicamente. Em seguida, o ifrite, furioso, exclamou aos gritos:

— Você é um grande tolo miserável, Al-Karuf, e acaba de ser iludido por uma miragem! Eu o submeti a uma última prova, e você acaba de proceder como um estúpido! Não foi prudente e deveria ter seguido o seu caminho sem se importar com meus pedidos de ajuda! Miserável, onde já se viu um ingrato auxiliar aquele que o auxiliou em um momento de agonia? Voltará a ser um miserável aguadeiro. Por essa estupidez, você acabou de perder suas riquezas e vai voltar à sua vil pobreza!

Ao terminar de maldizer Hussein, o gênio desferiu uma tremenda pancada na cabeça do aguadeiro e o atirou violentamente ao chão. Depois de longo tempo desmaiado, Al-Karuf foi aos poucos recuperando os sentidos, porém, ao abrir os olhos, não viu mais nada e estava envolvido em uma grande escuridão. Até a luz abandonou o miserável Hussein. Ele havia ficado cego e não podia mais andar pelos caminhos de Alá.